강아지 호랑이

푸른사상 동시선 14

강아지 호랑이

인쇄 2014년 4월 10일 | 발행 2014년 4월 15일

지은이 · 김종상
펴낸이 · 한봉숙
펴낸곳 · 푸른사상사
주간 · 맹문재 | 편집 · 지순이 | 교정 · 김소영

등록   제2−2876호
주소   서울시 중구 충무로 29(초동) 아시아미디어타워 502호
대표전화   02) 2268−8706~7 | 팩시밀리 02) 2268−8708
이메일   prun21c@hanmail.net
홈페이지   www.prun21c.com

ⓒ 김종상, 2014

ISBN 979−11−308−0213−8 04810
ISBN 978−89−5640−859−0 04810 (세트)

값 9,900원

푸른사상
동시선

14

강아지 호랑이

김종상 동시집

이윤지(산본초 2학년)

더 친해야 할 동물 친구들

1986년 봄으로 기억하고 있습니다. 어느 소년신문사 사장이 동물원의 패찰 바꾸기 운동을 해보자고 했습니다. 동물 패찰의 목적과 효과를 생각하면 고쳐야 할 점이 있다는 생각에서였습니다.

가령 코끼리 패찰을 예로 들면 분류는 대개 '동물계→척색동물문→포유강→장비목→코끼리과→아프리카코끼리속→둥근귀코끼리'로 되어 있고, 그 아래로 분포, 서식, 크기, 임신, 수명, 기타로 설명되어 있었습니다.

동물원을 찾는 사람들은 보고 즐기려는 것이지 학문적으로 공부를 하려는 것이 아닌데, 이렇게 학술적인 내용을 자세히 적어놓을 필요가 있겠느냐는 것이었습니다.

그런 명패 대신 그 동물에 대한 동시를 캐릭터와 함께 보여주면 좋겠다고 생각했습니다. 곡이 붙여진 동요라면 노래를 부르며 구경을 하고, 곡이 없는 동시는 입속으로 읊조리며 즐기게 되면 동물원을 찾는 재미는 훨씬 커질 것 같았습니다. 일테면 코끼리 우리에는

코끼리

강소천 요
박태현 곡

코끼리 아저씨는
코가 손이래
과자를 주면은
코로 받지요.

코끼리 아저씨는
소방수래요.
불나면 빨리 와
모셔가지요.

와 같은 패찰을 붙여주면 재미도 더하겠지만 정서적으로도 좋을 것 같았습니다. 그러나 그 일은 아쉬움만 남기고 생각만으로 끝나버렸습니다.

그때부터 나는 동물원을 찾아다니며 ㉠ 동물의 특성을 나타낸 ㉡ 어린이들이 좋아할 ㉢ 짧고 재미있는 시를 썼습니다. 이 동물 시는 그렇게 써 모아온 것입니다.

그러나 오랫동안 빛을 볼 기회가 오지 않아서 생각 끝에 맹문재 교수님께 이야기했더니, 첫마디에 쾌히 책을 내자고 해서 빛을 보게 되었습니다.

한봉숙 사장님과 맹문재 교수님께 감사드립니다.

청마의 해가 밝는 날 지은이

| 차 례 |

제1부

서유진(문원초 4학년)

6

제2부

| 차 례 |

제3부

제4부

감기 들면 어쩌나 발가벗은 개구리.

제1부

강아지

제 꼬리를 물려고
뱅글뱅글 돌다가

제 그림자 밟으려고
깡충깡충 뛰지요

그러다가 싫증 나면
골목길로 탈래탈래.

유재곤(과천초 5학년)

개구리

꽁꽁 언 땅속에서
겨울잠 든 개구리

냇물도 콜록콜록
잔기침을 하는데

감기 들면 어쩌나
발가벗은 개구리.

거미

바람이 출렁이는
넓은 하늘바다에

그물을 쳐놓고
몰래 숨어 앉아서

나비와 파리들을
낚고 있어요.

개미핥기

네가 모기니?
입이 대롱이게

네가 뱀이니
혀를 날름거리게

입맛도 별나구나
개미만 먹으니

덩치 값 좀 해라
느림보 개미핥기

송다호(곡란초 6학년)

고양이

공을 굴려놓고는
깡충 뛰어가서
꼭 껴안는 고양이

손뼉을 쳐주니
눈이 동그래지며
고개를 갸웃거려요

축구시합 때
골키퍼하면
딱 좋겠어요.

곰

뚱뚱보 곰은
두 다리로 서서
사람처럼 걸어요

엉덩이가 커서
어기적 어기적

뚱뚱보 곰은
살을 빼겠다고

첨벙첨벙
수영도 해요.

거북이

엉금엉금 거북아
빨리 좀 걸어봐라

천년이나 살 건데
뭐가 그리 급하니

느릿느릿 거북아
등딱지가 무겁겠다

비석도 지고 사는데
등딱지가 뭐 무겁니.

동윤수(문원초 2학년)

노루

노루가 벼이삭을
뜯어 먹고 갔어요

뱃속에서 싹이 트면
몸뚱이가 벼싹으로
파랗게 덮이겠네요

파란 숲에 파란 노루
사냥꾼도 못 찾겠지요.

고슴도치

커다란 밤송이 곁에
조그만 밤송이 몇 개

큰 밤송이 꿈틀꿈틀
잔 밤송이 꼬물꼬물

고슴도치네 식구들
들놀이를 나왔어요.

김단아(곡란초 6학년)

기린

기린은 목이 길어요
다리도 길어서
키다리, 껑다리여요

머리 위에 올라가면
먼 곳도 잘 보겠어요

긴 목을 껴안고
미끄럼 타면 신나겠어요.

늑대

애기 소리를 내요
응애 응애
우는 소리
까르르 깔깔깔
웃는 소리

집짐승 소리도 내요
강아지 짖는 소리
아기 염소의 기침 소리.

구렁이

구불구불 몸뚱이가
너무 길어 미운건가

사람마다 보는 쪽쪽
막대기로 때리고
돌멩이도 던지지요

이유 없는 괴롭힘을
피하기 쉬우라고
몸이 끈으로 되었어요.

유승율(곡란초 3학년)

꽃사슴

꽃무늬 옷을 입은
꽃사슴아, 조심해라

긴 창을 가진 왕벌이
꽃을 보고 따라와서
콱! 찌를지도 모른다

왕관 같은 뿔을 가진
꽃사슴아, 조심해라

숲 속에서 조심해라
뿔이 나무에 걸리면
사냥꾼에게 잡힌다.

낙타

먼 길을 가자면
도시락이 있어야지

사막을 건너가자면
물통도 있어야겠네

도시락은 등에 있고
물통은 뱃속에 있다

송다윤(곡란초 4학년)

다람쥐

두 볼이 볼록볼록
도토리 입에 물고

꼬리를 뱅글뱅글
좋아서 까부네요

"야, 다람쥐다!"
아이들이 쫓아가니

나무 위로 올라가
두 손 모아 합장해요.

이채영(곡란초 3학년)

그건 밍크의 털가죽이지 엄마 것이 아니잖아요.

제2부

달팽이

달팽이네 집은
조그만 오두막

등에 지고 다니는
동그란 단칸방

집터가 필요 없는
이동식 천막집.

짹짹

느릿 느릿

김나영(곡란초 3학년)

도마뱀

생김새가 꼭
공룡과 닮았구나

공룡을 닮은 거니
공룡이 닮은 거니

공룡이 닮았으면
도마뱀, 네가
공룡의 조상이겠다.

두꺼비

아기가 복스러우면
떡두꺼비라 하지요

돈 잘 붓는 저금통은
두꺼비 저금통이고

전기 누전을 막는 것은
두꺼비집이고

재수가 좋을 꿈은
두꺼비꿈인데

그런데, 그런데도 왜
나를 징그럽다 하지?

비단거미

나뭇가지 사이에
날실을 걸어놓고
찰깍찰깍 비단을 짜요

몸뚱이가 북이 되어
꽁무니로 씨실을 풀어
고운 비단을 짜요.

돼지

꿀꿀꿀 꿀돼지는
아무거나 잘도 먹고

꿀꿀꿀 꿀돼지는
어느 때나 잘도 자고

꿀꿀꿀 꿀돼지는
언제든지 꿀꿀거려.

송민곤(궁내초 5학년)

들소

세상을 만든 분이
튼튼한 다리와
커다란 뿔을 주었어요

"위험이 닥치면 피해라."
사자나 늑대를 만나면
네 다리로 달아났어요

"피할 수 없으면 싸워라."
그러나 들소는 너무 착해
뿔을 무기로 쓰지 않아요.

들쥐

들쥐가 뒤란에서
무엇을 찾아다녀요

톡! 여기야.
쥐손이풀이
이슬방울을 던져요

응, 고마워!
들쥐가 목마른 것을
쥐손이풀은 알아요.

두더지

두더지는 개미처럼
땅속에서 지내요

눈이 안 보여도
터널길을 잘 다녀요

깜깜해도 불편 없이
잘 먹고 잘 살아요.

김현우(문원초 3학년)

미어캣

땅의 끝은 어디쯤일까?
한 미어캣이
먼 곳을 바라봅니다

우리 함께 알아보자
여러 미어캣이
언덕으로 올라갑니다

모두 허리를 쭉 펴고
꼿꼿하게 서서
사방을 살펴봅니다.

이두현(궁내초 5학년)

멧돼지

멧돼지를 막으려고
아빠가 고구마 밭에
라디오를 켜놓았어요

심심한 멧돼지가
라디오를 들으려고
친구까지 데리고 와서

하룻밤 사이에
고구마를
몽땅 먹어버렸어요.

밍크

엄마!
코트 자랑하지 말아요
그건 밍크의 털가죽이지
엄마 것이 아니잖아요

누나!
자켓 자랑하지 말아요
그건 밍크의 털옷이었지
누나 것이 아니잖아요

방울뱀

무서운 방울뱀도
노래를 좋아하나 봐요

방울을 흔들면서
노래를 부르래요

악기 걱정은 없대요
자기 몸이 악기니까.

박쥐

제가 쥐라고요?
저는 귀여운 새예요.
날아다니잖아요

제가 새라고요?
저는 커다란 쥐예요.
기어 다니잖아요

참, 별일이네요
같은 몸이 어떻게
쥐도 되고 새도 되나요.

현주윤(광정초 3학년)

49

비단뱀

알록달록
비단옷을 입고

백리향 풀밭에
똬리를 틀었습니다

쨍쨍한 여름 햇살에
백리향 꽃빛으로
몸둥이가 반짝이는

비단뱀 한 마리가
꽃향기에 취했습니다.

반달곰

너는 하늘만큼
커다란 곰이야

가슴에
달이 떠 있잖아

너는 나와 친척이야
단군의 어머니가
곰이었잖아.

김민서(곡란초 6학년)

아기 때 젖을 줬으니 젖소는 우리 유모잖아요.

제3부

사자

사자네 가족은
할 일이 각각이에요

엄마는 사냥 가고
아빠는 낮잠 자고,

귀여운 아기들은
저희끼리 놀아요.

장용진(청계초 4학년)

비버

비버네 가족은
둑을 쌓아 강을 막고

강 한가운데에
집을 짓고 살아요

먼 남쪽 어디에는
사람도 비버처럼

뱃집을 짓고 사는
나라가 있어요.

사불상

뿔을 보면 사슴인데
머리가 말이어서
사슴도 말도 아니래요

꼬리는 당나귀인데
발굽을 보면 소라서
당나귀도 소도 아니래요

네 가지가 모두 아니어서
사불상이라 하였대요.

* 사불상(四不像) : 네 가지가 아닌 모습

조랑말

아기들만 태우는
제주도 조랑말은

아기들이 겁낼까 봐
몸이 작아요

아기들이 타기 쉽게
키도 작아요

삽살이

긴 털이 덮인 얼굴에
반짝거리는 두 눈이
언제나 웃고 있네

귀신도 볼 수 있다는
그 맑은 눈으로
신라 천년을 지켜보았겠지

김다윤(문원초 4학년)

사향노루

"얘! 향수 좀 아껴라."
들꽃이 쫑알거려요.

"왜들 그러지?
너무 많이 뿌렸나?"

사향노루가
향수병을 만지작거려요.

소

송아지가
엄마! 하고 부르니
엄마 소가
뭐어? 하고 묻네

다시 또
엄마! 해도
똑같이
뭐어? 하네

수달

호수는 커다란 물침대
수달이 등을 대고 누워
조개를 깨먹고 있어요

바람이 지나가며
출렁출렁 흔들어요
수달은 참 좋겠어요.

신혜린(과천초 4학년)

여우

여우의 먹이는
작은 짐승이어요

숲 속에서는
들쥐를 잡고

마을로 내려와서
닭도 훔쳐가요

캥캥 우는
얄미운 여우.

염소

조그마한 게
매애, 매애 하며
수염을 달고 까불어요

조그마한 게
머리를 휘두르며
뿔을 갖고 으스대요.

양

양이 입은 털옷은
뭉게뭉게 양털구름

두둥실 날아봐라
푸른푸른 하늘로

여름 하늘 구름은
폭신한 양떼구름

신나게 뛰어봐라
푸른푸른 풀밭을.

이나경(곡란초 4학년)

얼룩말

얼룩말이 입고 있는
하양 까망 무늬 옷은

하얀 옷에 까만 줄일까
까만 옷에 하얀 줄일까

빨강 줄, 파랑 줄이면
참 재미있겠다

알롱달롱 색동옷의
얼룩말이 될 테니까.

김재용(문원초 3학년)

젖소

목장으로
현장학습을 갔어요

"젖소에게 인사해야지."
선생님이 웃으며 말했어요

"엄마! 잘 있었어요?"
우리는 젖소를 향해
큰소리로 외쳤어요

아기 때 젖을 줬으니
젖소는 우리 유모잖아요.

새앙쥐

딸각딸각 새앙쥐는
밤에도 자지 않고

모두가 잠이 들면
혼자 돌아다니다가

부엌에서 딸각딸각
밤참 먹고 있어요.

원숭이

나무에 오르다가
그네를 타다가

나에게 손을 내밀며
악수하자 해요

개구쟁이 원숭이
재롱둥이 원숭이

나하고
친구하면 좋겠어요.

조형래(문원초 5학년)

코알라는 아기도 엄마도 잠꾸러기여요.

제4부

지네

지네를 보고 있으면
기차가 생각나요

마디마디 차창에서
밖을 보는 사람들

돌틈을 기어가는
지네를 보고 있으면

기다란 기차가
굴을 지나는 것 같아요.

조태민(문원초 3학년)

지렁이

팔도 다리도 없이
누워 사는 지렁이

네 키는
어떻게 재니?

신체검사할 때
참 걱정이겠다.

천산갑

천산갑은 본디
장군이었나 봐요
갑옷을 입었어요

얼마나 무겁겠어요
또 얼마나 덥겠어요

단단한 비늘로 짠
천산갑의 철갑옷.

청설모

청설모가 잣나무에서
다람쥐를 괴롭혀요

"정답게 지내야지."
내가 나무랐더니

잣 한 송이를 툭!
던지고 달아나며

"얼레리, 꼴레리,
 얼레리, 꼴레리."

송채민(문원초 3학년)

침팬지

침팬지 엄마는
아기를 안고 다녀요

가슴에 품어 안고
젖을 먹이고는

등에 업고
높은 나무에 올라가
먼 곳을 구경시켜요.

캥거루

캥거루는 아기를
업을 줄도 모르고
안을 줄도 몰라서

배꼽주머니에
넣고 다녀요

엎드리면 아기가
떨어질까 봐

몸을 곧추세우고
뒷발로 걸어요.

호랑이

호랑이는 옷이 고와요
알록달록 줄무늬 옷

참 따스하겠어요
폭신폭신 털가죽 옷

사파리 차를 탄
우리들을 보고는

쭉! 기지개를 켜며
옷 자랑을 해요.

카멜레온

나무 위에서 사는
도마뱀 친척이에요

툭 불거진 두 눈은
빙글빙글 돌아가고
몸 색깔이 잘 변해요

몸보다 긴 혀를 뻗쳐
벌레를 낚아채지요.

송서인(문원초 3학년)

코끼리

코가 길어서
코끼리라 하는가

이빨도 기니까
이끼리도 되겠네

덩치는 커다란 게
쬐그만 눈으로

언제나 생글생글
아기처럼 웃네.

김연범(문원초 2학년)

코뿔소

코에 뿔이 있어요
쓱! 고리걸기 하면
좋겠어요

코뿔소는
콧구멍도 참 커요
씽! 콧김도 세겠어요

콧김불기 시합하면
일등하겠어요.

표범

밀림에서 아기 표범이
나를 째려보아요

"덤빌 테면 덤벼봐!"
손으로 탁 치니
으앙! 하고 울어요

엄마 표범이 나올까 봐
얼른 책을 덮었어요.

코알라

아기를 업고
유카리나무 위에서
한잠이 들었어요

업힌 아기도
색색! 코잠 들고

업은 엄마도
콜콜! 한잠 들고

코알라는
아기도 엄마도
잠꾸러기여요.

이민재(문원초 5학년)

판다

판다는 잠이 많아요
앉아서도 자고
엎드려서도 자요

꿈속에서 엄마 만나
반가워 울었나 봐요

눈가에 새까만
눈물 자국을 보세요.

김성은(문원초 4학년)

하마

머리는 드럼통인데
귀는 감잎만 해요

입은 커다란 동굴인데
눈은 손톱자국이에요

덩치는 코끼리인데
꼬리는 돼지에요

아기 하마도
꼭 엄마를 닮았어요.

주제건(문원초 4학년)

토끼

뒷다리가 길어서
오르막에서는
깡충깡충
나를 잡으면 용하지

앞다리가 짧아서
내리막에서는
엉금엉금
아이쿠, 나 좀 살려.